LES PHARES

DU HAVRE

ET DE NORMANDIE,

Allumés à l'avénement de Louis XVI.

D E.

L'Académie, établie à Rouen sous le titre de l'Immaculée Conception, a, dans sa séance publique tenue le 18 Décembre 1777, sous la Principauté de M. le Duc d'Harcourt, Lieutenant-Général des Armées du Roi, Gouverneur de la Province de Normandie, décerné à M. Laignel, Avocat au Havre, le prix de l'Ode Françoise, ayant pour devise : *Ave maris stella*, & pour sujet, *les Phares du Havre & de Normandie, allumés à l'avénement de* LOUIS XVI.

»» C'est un ouvrage, dit cette Académie, soutenu
» par des faits empruntés de l'Histoire, enrichi par
» des images puisées dans la poésie, intéressant par
» la qualité du sujet vraiment patriotique, embelli
» par des traits qui caractérisent le Titus de la France,
» & cet illustre Voyageur qui a honoré le Havre de sa
» présence le premier Juin de cette année 1777.

»» L'étude de la Jurisprudence fait la principale oc-
» cupation de M. Laignel. Outre les affaires journa-
» lieres du barreau & du cabinet, il travaille depuis
» plusieurs années à deux ouvrages importans, l'un
» sur les droits des *puînés & des filles en Normandie*,
» l'autre sur la *Jurisprudence du Commerce Maritime*,
» ouvrage dont le Ministre de la Marine a vu par-
» tie, & encouragé la suite par son approbation, en
» déclarant *qu'il remplissoit les intentions de Sa Majesté.*

»» Ce n'est donc que dans des moments de délasse-
» ment que M. Laignel s'occupe de la poésie. L'érec-
» tion de nos Phares est un acte d'humanité qui lui
» a paru digne d'être célébré pour le patriotisme.

»» Ces Phares sont placés, un sur la pointe de Gatte-
» ville, à une grande demi-lieue dans le Nord de
» Barfleur ; un autre sur la pointe d'Ailly, à une lieue
» & demie dans l'Ouest de Dieppe, & deux proche
» l'embouchure de la Seine, sur le Cap de la Héve,
» à une petite lieue dans le Nord-Ouest du Havre-de-
» Grace : tous ont commencé d'être allumés le pre-
» mier Novembre 1775 (a).

____

(a) L'Auteur fit alors une Ode Latine qui remporta le prix au Puy de Caen, dans la séance publique du 8 Décembre suivant. Elle est après l'Ode Françoise.

A 2

,, Avant François I. qui a bâti la Ville du Havre,
,, cet endroit étoit connu pour une retraite favorable
,, aux mariniers, & formée par la feule nature. Les
,, différents avantages de cet afyle, placé à l'embou-
,, chure de la Seine, fur tout celui de garder fon
,, plein pendant trois heures chaque marée, la faci-
,, lité de fon accès, fa fûreté, & l'érection d'une Cha-
,, pelle dédiée à la Sainte Vierge, fous le titre de
,, Notre-Dame de Grace, firent donner à ce lieu le
,, nom de *Havre-de-Grace*, qui lui a été confervé,
,, quoique François I. l'ait nommée *Ville-Françoife*.

,, Nous ajouterons encore une note hiftorique fur
,, le *Phare d'Alexandrie*, cité dans l'Ode. Ce monu-
,, ment fut bâti dans l'Ifle de Pharos, à l'embouchure
,, du Nil, proche Alexandrie, 273 ans ayant l'Ere
,, Chrétienne. Il paffa pour une des merveilles du
,, monde, & fut élevé par les ordres de Ptolömée,
,, furnommé *Philadelphe*. Ce Roi, difent les Hifto-
,, riens, mérita d'abord ce nom, parce qu'il pardonna
,, à fon frere Céraunus, & qu'il lui donna fon amitié,
,, quoiqu'il eût confpiré contre lui, prétendant ré-
,, gner par le droit de la naiffance. Dans la fuite,
,, Ptolomée fe rendit indigne du beau nom de *Ph la-
,, delphe*, la crainte de perdre la Couronne l'ayant
,, porté à fe défaire de Méléagre & d'Argée, fes deux
,, freres.

,, Ces notes font dues à l'Auteur de l'Ode, par la-
,, quelle nous terminerons cette féance. `` (Extrait
du Recueil de cette Académie, imprimé en 1784.)

Le Rédacteur du Journal des Sçavants, faifant
mention de ce Recueil en Juillet 1785, page 466,
dit que cette Ode mérite d'être diftinguée dans le
genre lyrique.

LES PHARES
DU HAVRE
ET DE NORMANDIE,

Allumés à l'avénement de Loüis XVI.

ODE.

D'AUTRES célébreront les Villes de la Gréce,
Les hauts faits des Céfars ; la Seine eft mon Permeffe :
Je chante fur fes bords ces utiles flambeaux
Qui, loin de la Neuftrie écartant les naufrages,
     Vers fes heureux rivages,
A travers les écueils, dirigent nos vaiffeaux.

    Ils ne font plus ces tems d'exécrable mémoire,
Par des larmes de fang retracés dans l'hiftoire,
Quand le Navigateur, s'il échappoit aux flots,
Voyoit fes biens, fa vie, au pouvoir homicide
     D'une main plus perfide
Que les tyrans ligués & des airs & des eaux.

    L'humanité triomphe ; & des deux hémifphéres
Les divers habitans ont appris qu'ils font freres.
Que leurs riches vaiffeaux couvrent toutes les Mers ;
Qu'ils ne redoutent plus, pourfuivis par l'orage,
     De toucher au rivage
Où s'offrent des amis ; des ports toujours ouverts. ....

A 3

Mais comment aborder, si d'épaisses ténébres,
Enveloppant le Ciel de leurs crêpes funebres,
Ne laissent plus de guide au malheureux Nocher !
Il va périr, hélas ! si, du sein de la nue,
    Quelqu'étoile connue,
Offerte à ses regards, n'écarte le danger.

Astres dont la splendeur aux Tiphis salutaire,
Cesse de leur offrir un rayon tutélaire ;
L'art, sans votre secours, va régler leurs travaux.
Que des refus du Ciel la terre se console :
    Je vois un nouveau pole
Dont l'humaine industrie a créé les flambeaux.

Héro les alluma, par l'amour inspirée,
Et Sestos des premiers vit sa rive éclairée.
De plus nobles motifs, des intérêts plus chers,
D'une *étoile terrestre* adoptent la ressource ;
    Et cette nouvelle Ourse
Etincelle au milieu de la nuit & des mers.

France, nous la devons au bienfaisant génie
Qui veille sur l'Etat, en regle l'harmonie,
Qui par-tout maintient l'ordre & la sécurité ;
Son éclat, de tes ports annonçant le parage,
    Va faire, d'âge en âge,
De ton jeune Bourbon bénir l'humanité.

Neustrie à qui ce Roi, des maîtres le modele,
Rend l'appui que Thémis a reconnu fidele, (1)
Reçois & fais briller ce feu consolateur ;
Que ses nombreux signaux fassent sur tes frontieres
    Aux Nations entieres
Connoître, partager, envier ton bonheur.

____

(1) Rappel des Parlements en 1774.

Conserve, ô ma Cité, ce feu d'un doux préfage ;
Le Nautonnier fréquente & chérit ton rivage :
La nature avant l'art forma ton heureux port ;
Il dut le nom de *Havre* à fon accès facile :
    Du titre & de l'afyle
Tu ne peux mieux remplir le devoir & l'accord.

O feux qui protégez & Thétis & la Seine ,
Sûrs & brillans rivaux des deux freres d'Hélene ,
Phares, je vous falue. Affurez à jamais
Le commerce opulent de l'active Neuftrie ;
    Fixez dans ma patrie
L'abondance & les arts, fruits de l'aimable paix !

D'Hercule triomphant, colonnes orgueilleufes ,
Un monument femblable à ces tours radieufes
Auroit mieux terminé fes généreux travaux ;
Rappellant aux humains fon utile carriere ,
    Ce foyer de lumiere
Préfenteroit encor le fecours du Héros.

C'eft toi, fameufe Egypte, en merveilles féconde ,
Qui d'un foin fi touchant donnas l'exemple au monde.
O Nil ! l'on admira fur tes bords fréquentés (1)
Du fanal de Pharos l'étonnante ftructure :
    Son nom , heureux augure ,
Illuftre fes rivaux , peint leurs vives clartés.

Mais pour ce don fuperbe en vain la renommée
Parmi nos bienfaiteurs a placé Ptolomée :
Du nom de *Philadelphe* impie ufurpateur ,
En régnant par le crime , il flétrit fa mémoire . . . .
    Préftiges de la gloire ,
D'un vainqueur fratricide effacez-vous l'horreur ?

---

(1) Voyez ci-devant,

Qui chérit à la fois ses peuples & ses freres,
Fait révérer en lui des vertus plus sinceres ;
Occupé du bonheur & du sort des mortels,
Il prouve que sans toi, vaine magnificence,
   La seule bienfaisance
Peut des Dieux de la terre assurer les Autels.

Heureuse Seine, au Nil oppose le contraste
D'un Roi dans ses bienfaits non moins grand, mais
   sans faste,
Et de tous ses sujets pere compatissant......
Phares ! tel est des lys le PHILADELPHE-AUGUSTE,
   Qui de son regne juste
Unit l'aimable aurore à votre éclat naissant.

Tel aussi parmi nous ce voyageur illustre
A la simplicité devoit son plus beau lustre. (1)
Le soin qu'il avoit pris de voiler sa grandeur,
Aux Dieux de l'âge d'or nous le montroit semblable ;
   Et dans le frere affable
Tout nous peignoit les traits qui font aimer LA SŒUR.

Des bienfaits de mon Roi, Phares, brillante image,
De ses soins paternels éternisez le gage !
Feux couronnés, vainqueurs, percez la nuit des tems :
Un célébre Lycée au temple de mémoire
   Vous couvre de sa gloire,
Et son suffrage y rend vos rayons éclatans.

Qu'il est beau d'obtenir dans ce jour mémorable
La palme qu'un grand nom doit rendre plus durable !

---

(1) Passage de l'Empereur Joseph II. au Havre, le premier
Juin de cette année 1777.

Harcourt la donne, Harcourt de nos jeux protecteur.
Ce nom de fiecle en fiecle eft cher à la Neuftrie :
Des murs de ma Patrie (1)
Il rappelle à nos cœurs le zelé défenfeur.

Allufion & Priere à la Sainte Vierge.

Ne ceffez de guider le vaiffeau de la France ;
De fon jeune Tiphis fecondez la prudence : (2)
Tour, qui réfléchiffez les feux de l'Eternel ;
Vierge, étoile des mers, Vierge toujours propice,
Des Bourbons protectrice,
Agréez de mes chants l'hommage folemnel !

---

(1) Au mois de Juillet 1759, une flotte Angloife fe préfenta devant le Havre, y jetta des bombes M. le Duc d'Harcourt, alors Lieutenant-Général, & depuis Maréchal de France, vint au fecours de la place.

(2) Expreffions de l'Ecriture Sainte, appliquées à la Sainte Vierge. *Stella maris...... Turris..... Deus oftendit fplendorem fuum in te.*

AVE MARIS STELLA

PHARUS.

Ode quæ præmium Podii Ca-
domensis retulit, anno 1775,
octavâ die Decembris.

Epentè nubes astra tegit : fremens
umultuosis vorticibus mare
    Miscetur ; increbrescit asper
    Eurus ; hyems inimica surgit.

Hinc, indè navis deviat ; imparem,
Eheu ! fatetur nauta scientiam :
    Quò ferre velum, quis status sit,
    Quid jubeat, vetet.... Hæret amens.

Immite numen, fataque barbara
Omnes acerbo murmure clamitant ;
    Sperare nullam quin salutem
    Una salus miseris videtur.

Querela matris quæ mala præcinit :
Rursùs morantis conjugis osculum :
    Et natus à cunis superstes,
    Nunc animo memori recursant.

Exanguis horror pectora sed quatit ;
Periculosis syrtibus inviæ
    En adnat oræ quam carina
    Effugeret, modò lux Magistram

Secundet artem !.... Sydereas faces
Tanto labori si renuit polus :
    Instructa tellus æmuletur :
    Littoreæque faces coruscent !

Leandri amantem quas vigilans amor
Parare fuafit ; fuadeat & falus
    Virûm , tot atris ingementi
    Naufragiis benè cauta mundo!

Hos voce magnâ navita lynceus
Igner amicos nuntiat ; & metu
    Jam jam repulfo , fpes quieta
    Semianimem recreat catervam.

Caligo noctis perfida vincitur :
Terrena certam *ftella* regit viam :
    Dat naufragas vitare rupes :
    Dat facilem tetigiffe portum.

Nautis neceffum fic jubar exere ,
Portus falutis , Regum opus , arx potens :
    Partes que nativas adimple
    Quas ftatio titulus que pofcunt !

Tiphi emicat *fax fratrum Helenæ æmula !*
Lucete fauftis ominibus , Phari ,
    Quæ Patriæ nautâ frequentis
    Sequanicam tueantur oràm !

Cujus fideles Rex populos beat
Patere tutos Regni aditus decet :
    Decetque fatis tam benignis ,
    Gallia , te fupereminentem.

Allufio ad B. V.

Per noctis umbras dùm Pharus emicat
Te Virgo pingit : *Stella maris* , reus
    Quod divagatur : Numinifque
    Ignibus irradiata *Turris.*

„ **L**Eurs Majeſtés ayant daigné permettre en 1776
„ que les nouvelles Cloches de Notre-Dame du
„ Havre portaſſent l'empreinte de leurs Noms & de
„ leurs Armes, on y a inſcrit ces diſtiques latins du
„ même Auteur. „

Sur la premiere Cloche.

LAUS ex concentu ; ſic numen voce colentes
    Concordi , ſeſe Rex populuſque beant.

Sur la ſeconde.

REGINÆ laudes optem pulſare per auras !
    Illius at virtus clarior ære ſonat.

Sur la troiſieme

QUAM voco, plebi adſis, Deus ; & des vivere quorum
    Huic tutela, mihi Regia ſcuta decus !

Sur la quatrieme.

URBS felix, memori ſtabit tibi Regia cordi
    Gratia, ſæpe meo commemoranda ſono.

Sur la cinquieme.

PARVA ego : ſed ſonitum extollit par gloria magnis :
    Parvos ut magnos Regia cura fovet.

TRADUCTION LIBRE

DE CES DISTIQUES.

DOUX charme de nos fons, fouveraine harmonie,
Tu rends l'heureux accord du Peuple & de fon Roi,
Qui, conduits aux Autels par une même foi,
Célebrent du Très-Haut la clémence infinie.

＊

O Reine, fi mes fons du couchant à l'aurore,
Du bruit de vos vertus pouvoient remplir les airs!
  Mais elles frappent l'Univers
  Mieux que l'airain le plus fonore.

＊

Du peuple que j'appelle, ô Dieu, comblez les vœux :
Que LOUIS, ANTOINETTE, en des jours longs, heureux,
Rendent le ferme appui de la paix qu'on implore,
Ces armes dont l'éclat s'unit & me décore !

＊

Ville heureufe, fur toi, par un bienfait fi doux,
Ton Roi laiffe tomber un rayon de fa gloire ;
Citoyens, dans vos cœurs gardez-en la mémoire ;
De vous le rappeller mes fons feront jaloux.

＊

Entre mes fœurs & moi que'que foit l'intervalle,
Mes fons, prenez l'effor, la faveur eft égale :
Elle offre de LOUIS un trait des plus touchans ;
Ce bon Roi s'intéreffe aux petits comme aux grands.

Lors du paffage de *LOUIS XVI* au *Havre.*

O D E.

O Ville qu'un Roi cher aux filles de mémoire (1)
Appella de fon nom & remplit de fa gloire ;
Lieux qui m'avez vu naître, & qui toujours chéris,
    Du vigilant Tiphis,
    D'un fûr & doux afyle
    Offrez l'accès facile ;
Treffaillez d'allégreffe à l'afpect de LOUIS !

    Bruyans foudres de guerre,
A la paix aujourd'hui prêtez votre tonnerre !
    Dans un tranfport affectueux,
    Seine & Thétis que notre Havre enferre,
    Mêlez, courbez vos flots refpectueux :
    Cieux qui voulez le bonheur de la terre
    Et qui l'avez remis
    Dans les mains de LOUIS,
    Que vous êtes propices !
Il vient à nous ce Roi, notre amour, nos délices :
Il defcend de fon Trône ; il s'approche de nous,
    Jour fortuné ! jour le plus beau de tous !

    Que ton fort eft fplendide, ô célebre Neuftrie !
    Tu deviens de LOUIS
    La Province chérie :
Il t'a rendu la gloire & l'appui de Thémis ;
Il te donne *pour Duc le fecond* de fes fils !
Les lys parent ton nom de leur tige embellie :
Que ce nom autrefois par des Héros porté,
    Pour nos Bourbons déformais adopté,
    Dans une vive & pompeufe harmonie
    Jufques aux Cieux foit exalté.

---

(1) François I. qui a bâti la Ville du Havre, & la nom-
ma *Ville-Françoife*, fut furnommé *le Pere des Lettres.* Voyez
le Préfident Hénault, &c.

Sur ta rive profpere,
Louis, Monarque & Pere,
Epanche fa bonté.
Nochers enveloppés d'un finiftre nuage,
Sans aftres, dans l'allarme, expofés au naufrage.
Du pole ingrat bravez l'obfcurité ;
La nuit, comme le jour, voguez dans ce parage :
Une étoile terreftre y fixe fa clarté.
Phares ! brillants rivaux des deux freres d'Hélene !
Du *Philadelphe* de la Seine
Atteftez les fecours, les foins, l'humanité.

D'Abyla, de Calpé, Cherbourg fera l'émule,
Ravira votre gloire, ô colonnes d'Hercule !
Un Art triomphateur
Vous franchit, vous recule
A la voix du génie en ces lieux Créateur.
Au pied de ces rocs indomptables,
De ces cônes impénétrables,
Tu brife & perds un pouvoir deftructeur,
Fier océan, ô mer immenfe
Qu'Albion crut toujours difputer à la France,
Refpecte ces travaux fomptueux, inouis :
Que ton trident fe joigne au fceptre de Louis.

Louis nous rend heureux ; Louis s'eft fait connoître
Digne que les mortels l'euffent choifi pour Maître.
Peuples, uniffez-vous aux accens de ma voix :
Tout doit un nouvel être à Louis, à fes Loix.
Ici de l'induftrie il fait tomber les chaînes : (1)
Là, de Cérès au fifc il ôte les domaines. (2)
Roi pacificateur de la terre & des mers, (3)
Louis voit à fes pieds la France & l'Univers.

Vous, jadis nos rivaux, vous, aujourd'hui nos freres,
O peuples dont il fut le prompt Libérateur,
Régnez ; ainfi le veut ce généreux vainqueur :
Régnez ; fes armes tutélaires
Ont affuré votre bonheur.
Cherché par Alexandre, avide de carnage ;
Sous Ferdinand trouvé, réduit à l'efclavage :

---

(1) La réforme des Communautés des Arts & Métiers.
(2) La fervitude abolie dans les Domaines de Sa Majefté.
(3) L'Europe & l'Amérique pacifiées.

Monde nouveau! fois libre à la voix de Louis!
O Vaiffeaux des deux hémifpheres!
Raffemblés à l'envi fur les flots tributaires,
Et de la Seine & de Thétis,
Couvrez nos bords de richeffes, d'amis.

Efcault, rappelle fur tes rives
Ces Nymphes que l'effroi
Difperfa fugitives.
Que craindre de ton fort, quand l'Arbître eft mon Roi?
Ah! fi, par leurs exploits au jour de Fontenoi,
Son Pere & fon Aïeul ont affuré leur gloire,
Ils devinrent plus chers, lorfqu'après la victoire,
Sur tes bords dévaftés abaiffant leurs regards,
Contemplant & les morts & les mourans épars,
La bonté de leur cœur leur fit verfer des larmes (1),
Abjurer leur triomphe & détefter les armes.
Non moins digne Héros, le fils repouffe Mars (2):
Peuples, battez des mains; Clairons, faites filence:
Efcault ne tremble plus; il tient dans fa balance
Le foudre dépofé par l'aigle des Céfars.

Prudent Batave, au gré de Neptune & d'Eole,
Libre, tu peux voguer de l'un à l'autre pole.
Mais fois reconnoiffant, & répete en tous lieux,
» Louis éteint pour moi le flambeau de la guerre. »
Tel Jupiter parut des Cieux, (3)
Lancer, retenir le tonnerre;
Mettoit fes foins à gouverner la terre;
En affembloit & préfidoit les Dieux.

------

(1) Le Dauphin, Pere de Louis XVI, ne put répondre que par fes larmes à Louis XV, qui, parcourant avec lui le champ de bataille, lui dit avec attendriffement : » Voyez, » mon fils, ce qu'il en coûte à un bon cœur de remporter » des victoires. » *Vie de ce Dauphin, par l'Abbé Proyart.*

(2) Le Traité de Paix entre l'Empereur & la Hollande, du 8 Novembre 1785, fait à Fontainebleau fous la médiation & garantie de la France; & celui d'alliance avec la Hollande, du 10 des mêmes mois & an.

(3) Jupiter, felon le P. Pezron, dans fon antiquité des Celtes, a exifté parmi nos anciens Celtes ou Gaulois, avec la puiffance & la gloire qui lui mériterent les attributs que l'on connoît.

LAIGNEL, *ancien Maire-Echevin du Havre, nommé par Sa Majefté.*